LES PETITS TOLTÈQUES

La découverte de Ruben

Une série d'Aurore Aimelet,
illustrée par Caroline Attia.

Hatier jeunesse

Chapitre 1
L'arrivée

Quelque chose d'étrange se trame rue Estatal Pachuca… Depuis ce matin, des camions arrivent de la grande ville sous les yeux étonnés de la petite bande du village. Itzel, Lupita, Ruben et Diego se demandent ce qu'ils fabriquent. Personne n'aurait l'idée de s'installer ici !

Eux, ils rêvent de Mexico, du palais national et des jardins de fleurs… Un jour, c'est sûr, ils habiteront là-bas tous les quatre. Alors, qui peut bien vouloir emménager chez eux ?

– Suivons le convoi avant d'aller jouer au foot ! propose Ruben qui aimerait bien en avoir le cœur net.

– Bonne idée ! s'écrie Lupita en chaussant ses lunettes noires à la façon d'une détective.

Les véhicules disparaissent dans une ruelle sur la droite. Les enfants courent, et s'arrêtent au coin de la rue… Ils n'en croient pas leurs yeux : les déménageurs se garent devant une vieille maison.

Cette maison, elle appartenait il y a plusieurs années à la *Vieja*. On raconte qu'elle a toujours été hantée. D'autant qu'un jour, pshitt ! la *Vieja* est partie. Envolée on ne sait où !

C'était une amie de Maya, la chamane, qui parfois lui achetait des graines et des plantes vraiment bizarres, comme les jaunes, les rouges et les violettes qui poussent au fond des bois. Maya l'aimait beaucoup, mais c'est parce qu'elle la connaissait. D'après les enfants, c'était plutôt une sorcière...

– Ils vont habiter dans cette maison abandonnée ? demande Itzel, un peu effrayée.
– Regardez la plaque de la voiture qui se gare à la suite des camions. Ils viennent de Mexico, explique Diego en fredonnant un vieil air de mariachi.

– Chut ! ordonne Ruben. Tu vas nous faire repérer. Voyons qui en descend… Le père, OK. La mère, OK. Et un… deux… enfants.

– Chouette, des nouveaux copains, s'exclame Lupita. Il faudrait qu'ils soient avec nous dans la classe de Sebastián.

– C'est vrai qu'ils ont l'air sympa, reconnaît Itzel, on ferait des super parties de foot si on était plus nombreux. On leur propose de venir jouer ?

Lupita court déjà dans leur direction, tout enthousiaste à l'idée de les rencontrer. Ruben, lui, reste à l'écart : il n'aime pas bien les inconnus. Et encore moins jouer avec des inconnus. Toujours caché au coin de la rue, il observe ses trois camarades en pleine discussion avec une grande fille et un petit garçon.

Chapitre 2
Le secret

Arrivés à hauteur des enfants, Diego et Itzel sourient et laissent parler Lupita qui les invite à jouer avec eux, en se tortillant les cheveux parce qu'elle est quand même impressionnée.

– On ne peut pas venir avec vous, répond la grande fille, en bredouillant. On a des choses très importantes à faire. C'était la maison de notre arrière-grand-tante, et il faut ranger toutes nos affaires.

– Alors demain ? propose Diego. On pourrait vous montrer la rivière, le *río* Amajac.

Et on pourrait faire un concours de ricochet, ajoute-t-il. Ruben, là-bas, celui qui se cache, c'est le meilleur !

– Oui peut-être, répond-elle avant de disparaître sous le porche, avec un vieux carton dans les bras.

Alors que les trois enfants reviennent vers Ruben, qui n'a rien perdu de la scène, celui-ci réfléchit... Il faut qu'il en sache plus sur ces nouveaux arrivants. Si sa bande veut devenir amie avec des inconnus, il faut qu'il vérifie. C'est décidé, il va mener l'enquête et un peu mieux que Lupita !

– Tu me prêtes tes lunettes de soleil ? lui demande-t-il. Je vais en avoir besoin...

Dès le lendemain matin, Ruben est en avance à son poste d'observation. Seulement, il ne voit rien de là où il est, et encore moins derrière des lunettes aux verres tout noirs ! Il est obligé de les enlever et de s'aventurer dans la ruelle.

En repensant à la veille, il trouve vraiment étrange que les enfants n'aient pas dit leur prénom. C'est qu'il est un peu méfiant celui-là. C'est le rigolo de la bande mais il ne veut pas rire avec tout le monde. S'amuser, ça demande quand même beaucoup de confiance et d'amitié. Et Ruben, contrairement à Maya, ne croit pas qu'on peut aimer tout le monde.

– Oh là là ! dit-il dans le téléphone portable qu'il a emprunté à sa mère pour enregistrer ses découvertes et les montrer aux autres tout à l'heure. Ils sont déjà debout tous les quatre et ils creusent des trous dans le jardin... Et je vois la grande fille avec son vieux carton. Ils vont enterrer quelque chose, c'est sûr. Ils ont de lourds secrets à cacher...

Ruben zoome sur la scène. Les visages sont fermés, très concentrés. Le père donne des coups de pelle, la mère porte des gants, le petit garçon attrape maintenant le carton avec mille précautions…

Sans attendre d'en savoir plus, Ruben s'enfuit en courant vers la place du village pour retrouver ses amis avec lesquels il a rendez-vous.

Chapitre 3
Les suppositions

Assis en rond pour un conciliabule, les enfants regardent la vidéo de Ruben qui, lui, gesticule dans tous les sens pour mimer la scène.
Ses lunettes de soleil n'arrêtent pas de tomber sur son nez…
– Ce sont des voleurs, explique-t-il. Ils sont venus ici pour cacher leur butin !

– Mais non, Ruben, intervient Lupita.
Ce sont des magiciens ! Ils sont de la famille de la *Vieja*, et ils ont les mêmes yeux très bleus. Et elle, c'était une sorcière, une vraie… Elle faisait des décorations avec ses plantes. Maya me l'a dit.

– Des « décoctions », reprend Diego. Des tisanes, quoi. Mais Ruben a raison, c'est étrange qu'ils n'aient pas voulu nous dire leur prénom.

– Moi, je crois qu'ils sont différents, avance Itzel, un peu déçue. Ils viennent de la ville et ils ne veulent pas se mélanger. On n'est peut-être pas assez bien pour eux ?

Tandis qu'ils conspirent tous les quatre sous les yeux de deux quiscales qui ont l'air de se faire confiance et de s'aimer beaucoup, Maya s'approche discrètement... Ruben, qui ne l'avait pas vue à force de penser au pire, sursaute quand elle prend la parole.

– Alors, les enfants... Vous avez rencontré la nouvelle famille, n'est-ce pas ?

– Comment tu le sais, Maya ? s'étonne Diego.
– Je le vois à vos yeux inquiets, sourit la chamane en plissant profondément les siens. Vous ne connaissez pas ces personnes alors vous vous imaginez des tas d'histoires à leur sujet.

– Ils ont un secret ! justifie Lupita en tendant le téléphone à la chamane. La preuve !

– Je vais vous dire un secret, un vrai secret celui-là, pas un secret inventé. Vos ancêtres, les Toltèques, disaient que ce n'était vraiment pas une bonne idée de supposer, c'est-à-dire d'imaginer des choses à propos des gens. On ne peut pas savoir ce qu'ils ont dans la tête, ni dans le cœur.

La chamane explique ensuite qu'elle connaît un peu les nouveaux arrivants. Ils étaient venus rendre visite à la *Vieja* il y a quelques années… Ils avaient bu des décorations ensemble, enfin… des décoctions. Alors, évidemment, elle n'a pas besoin de faire des suppositions.

Les enfants réfléchissent maintenant en silence. Diego trouve que c'est logique : quand on ne sait pas, on invente.
Lupita, qui aime bien trouver des solutions,

se demande comment faire pour savoir, justement. Itzel, elle, s'en veut un peu : peut-être que la grande fille était seulement un peu timide, comme elle ?

Chapitre 4
La sagesse

Seul Ruben n'est pas convaincu. Ou alors, trop fier, il ne veut rien admettre et il continue de ruminer.

– Oui, mais les trous qu'ils creusent dans le jardin… C'est pas une de tes suppositions, ça, Maya. Je ne l'ai pas inventé. C'est vrai. Je les ai vus !

– Tu as vu derrière tes lunettes noires, mon garçon. Tu as planté dans ta tête la graine qui fait pousser les doutes. Mais ce n'était pas ta graine à toi, tu ne savais pas ce qu'elle allait donner. Alors elle t'a donné des drôles d'idées, des mauvaises herbes. Et maintenant, tu ne peux plus t'en débarrasser.

Ruben se demande si ce n'est pas lui le voleur ! Il a dérobé la graine de la nouvelle famille, leur raison de creuser des trous dans le jardin. Il se dit que Maya a certainement raison : il vaut mieux laisser aux gens le soin de faire pousser leur propre graine. Parce qu'eux savent ce qu'ils plantent, ils savent pourquoi ils font ceci ou pourquoi ils disent cela.

– Allez, venez avec moi, vous avez suffisamment fait travailler votre imagination, tous les quatre. Même les quiscales en ont assez de vos idées farfelues.

Arrivés devant la maison de la *Vieja*, les enfants n'en reviennent pas : à la place des trous dans la terre, il y a des dizaines de petites fleurs plantées, des rouges, des jaunes et des violettes. Le jardin de la maison qu'ils croyaient hantée est devenu un joli paradis dans lequel ils retrouvent le couple de quiscales amoureux.

– C'est ça qu'il y avait dans le carton ! s'écrie Lupita. Des fleurs de la ville… Ce qu'on est bêtes !

– Oui… enfin… quand même, balbutie Ruben. On ne connaît toujours pas leur nom…

– Vous l'auriez su si vous leur aviez posé la question… Voilà ce qu'on doit faire quand on ne sait pas. Plutôt que supposer,

mieux vaut toujours demander. Mais regardez, les voilà. Je vous présente Carmen et Alfonso. Je crois qu'ils sont prêts pour découvrir le *río* Amajac, n'est-ce pas Ruben ? Et range-moi ces lunettes, tu n'y vois rien avec !

« C'est vrai que des lunettes noires, ça empêche de voir le soleil des autres », se dit le petit enquêteur avant de les confier à Maya. Mais la chamane ne peut s'empêcher de les installer au bout de son nez pour regarder la petite troupe s'en aller ensemble vers la forêt. Derrière le verre sombre, elle plisse encore ses yeux et contemple le début d'une nouvelle amitié.

D'où vient la sagesse des Petits Toltèques ?

Il y a un millier d'années, vivait au nord de l'Amérique du Sud, à peu près sur les terres du Mexique actuel, un peuple guerrier et pourtant très sage : les **Toltèques**.

Ils avaient remarqué que l'être humain est souvent traversé par des émotions et des pensées changeantes et compliquées. Difficile de vivre tous ensemble, avec les émotions et les pensées changeantes et compliquées de tout le monde ! Souvent, ça crée des malentendus et parfois même, des disputes.

Alors, les Toltèques inventèrent quatre **règles de vie**, simples mais efficaces, permettant à chacun de vivre en paix avec lui-même et avec son entourage. Plus tard, leurs descendants, les Aztèques, ont continué de transmettre cette sagesse. Depuis, tout le monde peut décider de vivre selon ce code de conduite, qui fait beaucoup de bien à soi et à ceux qu'on aime.

Tu peux choisir de devenir toi aussi un(e) sage guerrier(e) ! Avec cette nouvelle aventure, tu as découvert le troisième principe des Toltèques :

Ne fais pas de suppositions.

Tu ne peux pas savoir ce qui se passe dans la tête de quelqu'un d'autre. Par exemple, si un copain ne joue pas avec toi pendant la récréation, ne crois pas tout de suite qu'il ne t'aime plus. Plutôt que d'imaginer des choses, peut-être vraies mais peut-être fausses, va le voir. S'il a une raison, au moins tu sauras laquelle. Et s'il n'en a pas, tu sauras que tu t'es trompé(e). De la même façon, personne n'est dans ta tête. Alors, quand tu as besoin de quelque chose, un peu d'aide par exemple, n'attends pas que les autres le devinent : dis-le.

Mon quiz

As-tu bien lu l'histoire ?

1 D'où vient la famille qui s'installe au village ?

A. De Pachuca.
B. De Mexico.
C. De Puerto Rico.

2 Quels accessoires Ruben choisit-il pour mener son enquête ?

A. Des lunettes noires et un téléphone portable.
B. Une longue-vue et un magnétophone.
C. Des jumelles et un téléphone portable.

3 Comment réagissent les enfants en regardant la vidéo ?

A. Ils se moquent de la nouvelle famille parce qu'elle va vivre dans la maison de la *Vieja*.
B. Ils sont énervés de voir arriver des gens de la ville.
C. Ils ont peur que les nouveaux arrivants cachent un lourd secret.

4 Que découvrent-ils dans le jardin quand ils reviennent avec Maya ?

A. Un grand feu de bois.
B. Un spectacle de magie.
C. Des fleurs de toutes les couleurs.

Réponses : 1. B ; 2. A ; 3. C ; 4. C.

Mon activité

En sage guerrier(e) toltèque,
tu te connais bien… As-tu déjà réfléchi
à ce que ton corps dit de toi ?

LE MATÉRIEL

- Une grande feuille
- De la peinture, des crayons, des feutres…

1. Commence par dessiner ton visage. Tu as remarqué ? Tu as deux yeux et deux oreilles… mais une seule bouche !

2. Portes-tu parfois, comme Ruben, des lunettes noires qui t'empêchent d'y voir clair ? Si c'est le cas, dessine-les aussi.

Quand tu ne comprends pas les autres, ouvre grand tes yeux et tes oreilles ! Il vaut mieux faire confiance à ce que tu vois et ce que tu entends plutôt que de parler sans savoir. Souviens-toi du conseil de Maya : sers-toi de ta parole mais seulement pour poser des questions.

Suivi éditorial : Maya Saenz-Arnaud
Création graphique et mise en pages : Graphicat

ISBN : 978-2-401-07383-8
ISSN : 2497-0166

Loi n° 49-956 du 16 juillet 1949 sur les publications destinées à la jeunesse.

PAPIER À BASE DE FIBRES CERTIFIÉES

Hatier s'engage pour l'environnement en réduisant l'empreinte carbone de ses livres. Celle de cet exemplaire est de : 250 g éq. CO_2
Rendez-vous sur www.hatier-durable.fr

Achevé d'imprimer en France par Clerc à Saint-Amand Montrond
Dépôt légal : 07383-8/02 - août 2021